Descubriendo Dinosaurios

Deinonicosaurio

Aaron Carr

SPANISH & ENGLISH eBOOKS

AV²
BY WEIGL™

ADDED VALUE · AUDIO VISUAL

www.av2books.com

CÓDIGO DEL LIBRO
BOOK CODE

B 7 4 6 6 8 2

AV² de Weigl te ofrece enriquecidos libros
electrónicos que favorecen el aprendizaje activo.
AV² by Weigl brings you media enhanced books that
support active learning.

El enriquecido libro electrónico AV² te ofrece una experiencia bilingüe completa entre el inglés y el español para aprender el vocabulario de los dos idiomas.

This AV² media enhanced book gives you a fully bilingual experience between English and Spanish to learn the vocabulary of both languages.

Spanish

English

Navegación bilingüe AV²
AV² Bilingual Navigation

CERRAR
CLOSE

INICIO
HOME

CHANGE LANGUAGE
ENGLISH SPANISH
OPCIÓN DE IDIOMA
LANGUAGE TOGGLE

CAMBIAR LA PÁGINA
PAGE TURNING

VISTA PRELIMINAR
PAGE PREVIEW

2

Deinonicosaurio

En este libro, aprenderás

qué significa su nombre

cómo era

dónde vivía

qué comía

y mucho más.

Este es el deinonicosaurio.
Su nombre significa
garra terrible.

Era uno de los dinosaurios
más grandes de la familia de
los raptores. Tenía casi
el tamaño de un puma.

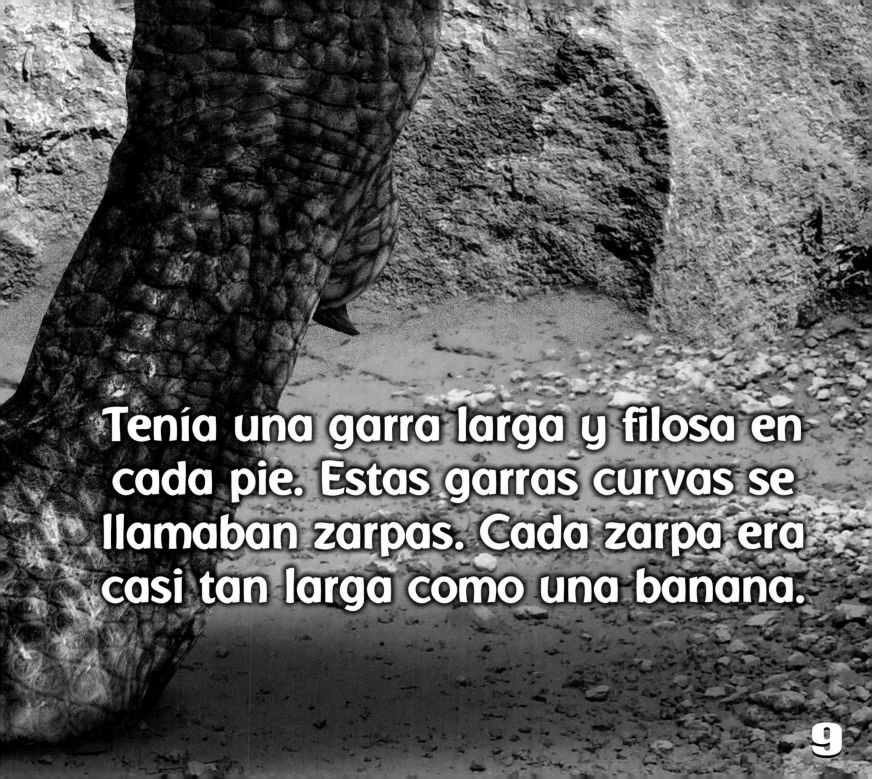

Tenía una garra larga y filosa en cada pie. Estas garras curvas se llamaban zarpas. Cada zarpa era casi tan larga como una banana.

Comía carne.
Pudo haberse alimentado
de cualquier animal que
pudiera atrapar.

Era uno de los dinosaurios más inteligentes.

Podría haberse unido a otros raptores para cazar su alimento.

Podía caminar rápido sobre sus fuertes patas traseras.

Mantenía el equilibrio sosteniendo su larga cola recta por detrás.

15

Vivía en bosques y cerca
de lugares pantanosos.

Se lo podía encontrar en la parte oeste de América del Norte.

Vivió hace más de
100 millones de años.

Se lo conoce
por sus fósiles.

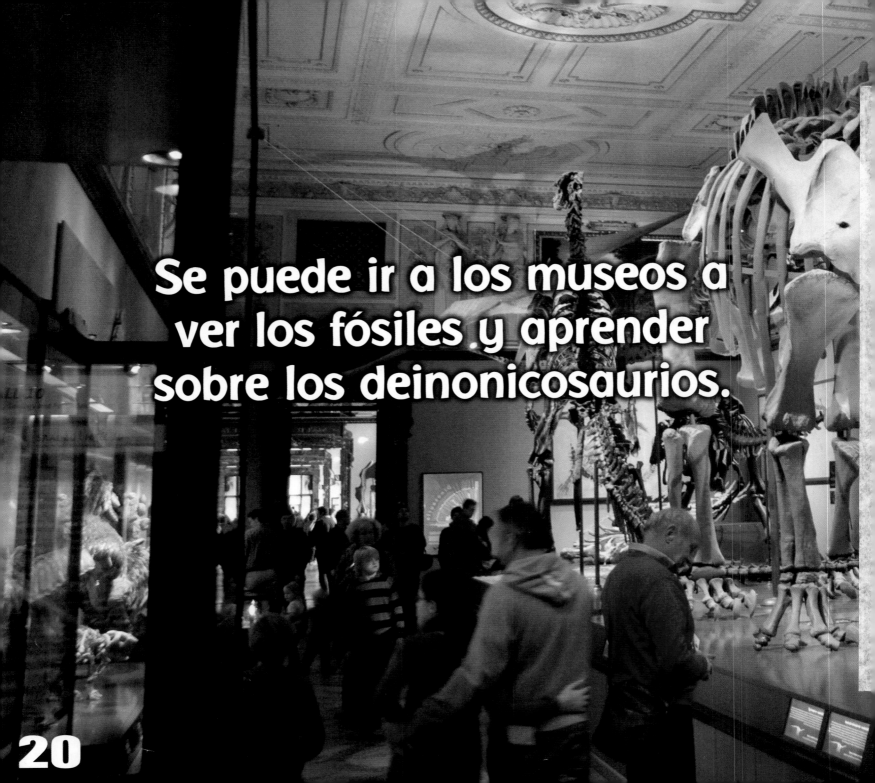

Se puede ir a los museos a ver los fósiles y aprender sobre los deinonicosaurios.

Datos sobre los deinonicosaurios

Estas páginas contienen más detalles sobre los interesantes datos de este libro. Están dirigidas a los adultos, como soporte, para que ayuden a los jóvenes lectores a redondear sus conocimientos sobre cada sorprendente dinosaurio o terosaurio presentado en la serie *Descubriendo Dinosaurios*.

Páginas 4–5

Deinonicosaurio significa garra terrible. Este dinosaurio perteneció a la familia de los dromeosaurios, que suelen llamarse raptores. Era una familia de dinosaurios medianos, de dos patas, o bípedos, conocidos por su velocidad y agilidad. Descubrimientos recientes han mostrado que, probablemente, el deinonicosaurio estaba cubierto de plumas. Muchos científicos creen que estos dinosaurios plumados son los antiguos ancestros de las aves modernas. El deinonicosaurio se utilizó como modelo para crear a los raptores de la conocida película "Parque Jurásico", aunque en la película se los llamó, erróneamente, velociraptores.

Páginas 6–7

El deinonicosaurio fue uno de los miembros más grandes de la familia de los raptores. Medía casi 10 pies (3 m) de largo por 5 pies (1,5 m) de alto y pesaba cerca de 175 libras (80 kilogramos). Por estas medidas, se cree que el deinonicosaurio tenía el cuerpo del tamaño de un puma, aunque por su larga cola, podría haber tenido la longitud de un auto. Esto significa que el deinonicosaurio era mucho más grande que el velociraptor, que tenía el tamaño de un perro, y que varios otros dromeosaurios pequeños. No obstante, el dromeosaurio más grande fue el raptor de Utah, que medía 23 pies (7 metros) de largo.

Páginas 8–9

El deinonicosaurio tenía una garra larga y filosa, llamada zarpa, en cada pie. Su nombre proviene de los instrumentos largos y curvos que se usaban para cazar. Cada zarpa, que se encontraba en el segundo dedo de cada pie, podía llegar a medir hasta 5 pulgadas (13 centímetros) de largo. Las zarpas tenían la forma de una hoz y no tocaban el suelo al caminar para no desafilarse. En los demás dedos, el deinonicosaurio tenía garras mucho más cortas.

Páginas 10–11

El deinonicosaurio era carnívoro, comía carne. Probablemente, comía cualquier animal que pudiera atrapar, desde dinosaurios pequeños hasta otros más grandes que él. El deinonicosaurio tenía dientes filosos que apuntaban hacia el interior de su boca. Esto lo ayudaba a evitar que la presa se le escape. Además, los dientes filosos eran perfectos para rebanar la carne. El deinonicosaurio tenía también brazos largos con tres dedos en las manos. Podía mover estos dedos y sus garras para capturar y sostener su comida.

El deinonicosaurio era uno de los dinosaurios más inteligentes que existió. Tenía un cerebro grande en comparación con otros dinosaurios. El deinonicosaurio podría haber utilizado esta inteligencia superior para cazar. Las pruebas indican que el deinonicosaurio podría haber cazado en manada para vencer a dinosaurios más grandes como el tenontosaurio. Sin embargo, los científicos no creen que el deinonicosaurio, ni ningún otro dinosaurio, haya sido tan inteligente como para abrir una puerta, como hacían los raptores en la película "Parque Jurásico".

El deinonicosaurio podía correr rápido sobre sus dos patas. No se puede decir con certeza a qué velocidad se podía mover, pero muchos científicos creen que los dromeosaurios como el deinonicosaurio eran bastante rápidos. El deinonicosaurio podía caminar rápido, pero probablemente no haya sido un corredor veloz. Por el tamaño y las proporciones de los huesos de sus patas, algunos científicos creen que el deinonicosaurio se movía como un león, con agilidad y ráfagas de velocidad, para capturar a sus presas. Mantenía el cuerpo en posición horizontal paralela al suelo. En esa posición, la cola le servía como contrapeso para mantenerse en equilibrio.

El deinonicosaurio vivía en bosques cerca de pantanos, en América del Norte. Se han encontrado restos en lo que actualmente es Estados Unidos. En la época de los deinonicosaurios, esta área estaba llena de bosques frondosos, ríos, deltas, estuarios, tierras pantanosas y llanuras aluviales. Esto es similar a la geografía actual de Luisiana. La vegetación de esta área servía de alimento para muchos de los grandes herbívoros que cazaban los deinonicosaurios.

El deinonicosaurio vivió hace 100-150 millones de años, durante el período cretácico inferior. Todo lo que se sabe sobre los deinonicosaurios se basa en el estudio de los fósiles. Los fósiles son restos preservados de animales antiguos. Se han encontrado fósiles de deinonicosaurios en los estados de Montana, Wyoming, Utah y Maryland. El primer fósil de deinonicosaurio fue encontrado por Barnum Brown en 1931. Lo llamó daptosaurio, pero en 1964 John Ostrom lo rebautizó deinonicosaurio.

Se puede ir a los museos a ver los fósiles y aprender sobre los deinonicosaurios. Millones de personas en todo el mundo van a los museos todos los años para ver fósiles de deinonicosaurios en persona. Muchos de los grandes museos tienen exhibiciones permanentes de deinonicosaurios. Estos museos son el Museo Nacional de Historia Natural de Washington, D.C. y el Museo de Historia Natural de la Ciudad de Nueva York.

Published by AV² by Weigl
350 5th Avenue, 59th Floor New York, NY 10118
Website: www.av2books.com   www.weigl.com

Library of Congress Control Number: 2014949821

ISBN 978-1-4896-2685-1 (hardcover)
ISBN 978-1-4896-2686-8 (single-user eBook)
ISBN 978-1-4896-2687-5 (multi-user eBook)

Printed in the United States of America in North Mankato, Minnesota
1 2 3 4 5 6 7 8 9 0 18 17 16 15 14

112014
WEP020914

All illustrations by Jon Hughes, pixel-shack.com.

Project Coordinator: Jared Siemens
Spanish Editor: Translation Cloud LLC
Art Director: Terry Paulhus